Mark Sarg

"Echauffieren Sie mich!"

Mark Sarg

"Echauffieren Sie mich!"

Bizarre Kurzgeschichten

Goldene Rakete Verlag für Belletristik

Imprint

Cover image: www.ingimage.com

Publisher:
Goldene Rakete Verlag für Belletristik
is a trademark of
International Book Market Service Ltd., member of OmniScriptum Publishing Group
17 Meldrum Street, Beau Bassin 71504, Mauritius

Printed at: see last page
ISBN: 978-620-2-44329-6

INHALTSVERZEICHNIS

„DARF ICH SIE ENTLEEREN?“

„Darf ich Sie entleeren, Monsieur?“, wandte sich gut gelaunt und zuvorkommend Baron Theophile Salzkopf an seinen Mülleimer.

Der ***verbat*** sich dies jedoch zu seiner grenzenlosen Überraschung – sodass er noch heute auf seinem Mist sitzt.

Man sollte daher derartige Fragen besser ***nicht*** stellen.

„ENTLEEREN SIE MICH!“

„Entleeren Sie mich, Madame!“, beschwor händeringend Chevalier Florestan Madengack, der an beträchtlichem Übergewicht nebst chronischer Obstipation litt, Medizinalrätin Dr. Melissa Darmrüssel.

Sie entleerte daraufhin zunächst einmal seine Taschen und sein Portemonnaie, ließ sich des Weiteren Haus und Hof von ihm überschreiben – und sperrte ihn dann bei sich im Keller so lang ohne Nahrung ein, bis er wirklich zur Gänze entleert war.

Großzügigst arrangierte sie danach sein Begräbnis – und nahm ihn feierlich als stolzes Beispiel für eine „rundum geglückte Generalentschlackung“ in ihr Referenzbuch auf.

DER ZERZAUSTE PAPST

„Frisieren Sie sich nur ja nicht nach dem morgendlichen Aufstehen, sondern zerraufen Sie ganz im Gegenteil zusätzlich Ihr Haar. Dies wird Eurer Heiligkeit in Verbindung mit den übrigen Accessoires ein durch und durch ***verruchtes*** Aussehen bescheren!" Soweit die Quintessenz der über Auftrag von Papst Rotzknecht dem Auserwählten erfolgten Empfehlung der vatikanischen Werbeagentur, mit dem Ziel, endlich die ***Jugend*** vermehrt für das Christentum zu gewinnen.

Und in der Tat waren die Halbwüchsigen von damals so außerordentlich begeistert von der neuen „Botschaft" des Heiligen Stuhls – dass sogar noch ihre Nachfahren zum überwiegenden Teile überzeugte Katholiken sind.

Und das, wiewohl der Papst seine Verruchtheit mittlerweile längst wieder hinter einem „gesitteten" Erscheinungsbild verbirgt!

DIE IDEALE GESTALT

Marquis Thierry Himmelhaupt besaß die wahrhaft ***ideale*** Gestalt.

Doch leider war er zeitlebens für andere Menschen unsichtbar – sodass man bis heute auf Erden nicht weiß, ***wie*** eine ideale Gestalt beschaffen ist.

DIE NÄCHTLICHE GESTALT

In einer schlaflosen Minute bemerkte Chevalier Isidorius Wackelkropf vom Fenster aus eine nächtliche Gestalt in seinem Garten.

Da sie aber am Morgen wieder verschwunden war, beunruhigte ihn dies gar nicht weiter.

Umso mehr er sich künftig strikt **untersagte**, nochmals nachts aus dem Fenster zu blicken!

DIE VERDÄCHTIGE GESTALT

Eine unscheinbare, merkwürdig gebückt gehende Gestalt erregte das Unbehagen, und bald auch den Unmut der kleinen katholischen Gemeinde Dampfkirchen. Denn hier war man seit dem Religionsunterrichte felsenfest davon überzeugt, dass jeder wahre Christ am aufrechten Gange zu erkennen sei.

Als man jedoch gar herausfand, dass es sich um den erkrankten, inkognito zur Kur weilenden Papst Schildknecht den Hageren handelte, verwies man ihn augenblicklich des Ortes – und ist dort seither strikt ***evangelisch***!

DAS ERFAHRENE GESCHÖPF

Ein überaus erfahrenes Geschöpf starb zum wiederholten Male – und war nun neuerlich um eine Erfahrung reicher ...

DAS UNERFAHRENE GESCHÖPF

Ein unerfahrenes Geschöpf ließ sich auf das Abenteuer der Geburt auf Erden ein – welchen ungeheuren Leichtsinn es prompt mit dem Leben büßte!

„PERLUSTRIEREN SIE MICH!“

„Perlustrieren Sie mich augenblicklich, junger Mann!“ Ungestüm stellte sich die Feldmarschallin Ariane Humpelmann abends im Park einem noch recht unerfahrenen Wachebeamten in den Weg. Und da er für ihr Begehren nicht den geringsten Anlass sah, lieferte sie ihm diesen gleich nach und entblößte sich ohne Vorwarnung zur Gänze.

Doch da ergriff er in Panik die Flucht, gab seinen Beruf auf, dessen speziellen Anforderungen er sich in keiner Weise gewachsen fühlte – und besuchte niemals wieder einen Park.

DIE FURCHT VOR DEM SPIEGEL ODER

DIE SCHÖNSTE ALLER LEBENDEN UND TOTEN

Nach dem Tode war es Lady Luder Seifengack beim besten Willen nicht mehr möglich, in den Spiegel zu blicken. Sooft sie nur von weitem einen sah, nahm sie bereits wilden Reißaus.

Und da dieser Widerwille zur Selbstbetrachtung immer heftiger wurde und geradezu krankhafte Ausmaße annahm, unterzog sie sich schließlich einer Spezialtherapie beim seligen Dr. Aristoteles Sonnengeier – mit schier unglaublichen Resultaten.

Von früh bis spät guckt sie seither mit liebevoller Eitelkeit in jeden verfügbaren Spiegel und hält sich für die **Schönste** aller Lebenden ***und*** Toten. Darüber hinaus aber nimmt sie regelmäßig teil an den exquisitesten Schönheitswettbewerben der Welt – die sie allesamt haushoch gewinnt!

Wegen ihres „geradezu **beklemmend** aparten Äußeren, das sich jeder weltlichen Einordnung radikal entzieht“ – so etwa die häufigste Jurybegründung …

DER PAPST ALS ROSTSCHUTZMITTEL

In aller Schlichtheit und Bescheidenheit sah sich Papst Regenkopf der Auserwählte als Garant dafür, dass das Christentum nur ja keinen Rost ansetze.

Und übersah dabei leider, dass er und seinesgleichen am ***meisten*** hievon befallen waren.

DER PAPST ALS KAMELTREIBER

Wirklich unschwer zu erraten, ***welche*** Kamele Papst Mehlsack der Trockene da durch die Wüste trieb: die christlichen natürlich. Mit dem Ziele, sie endlich zu mehr Kontemplation und Einsicht zu nötigen – worin ihnen ihre tierischen Kollegen zweifelsfrei haushoch überlegen sind.

Doch tat er dies leider nur in einem Wunschtraume – den er obendrein auch seinen Nachfolgern als liturgische Empfehlung mitzugeben vergaß.

„REDUZIEREN SIE MICH!“

„Reduzieren Sie mich!“, beschwor inständig der an chronischem Übergewicht leidende Sir Onegin Geierkopf den Spezialisten Dr. Safran Eisensack.

Der machte ihn daraufhin großzügigst um einen Kopf kürzer, und schickte seine Honorarnote mit tief empfundener Anteilnahme der „trauernden“ Witwe – die die „Konsultation“ vermittelt hatte.

„REDUZIEREN SIE MICH NICHT!“

„Reduzieren Sie mich nicht ständig weiter, indem Sie mich unentwegt belehren, Sie Affe!“, zürnte Baron Theobald Gluckmaus seinem Nachbarn, „Ich bin, weiß Gott, bereits genügend reduziert, indem ich mich herablasse, neben Ihnen auf der Parkbank zu sitzen!“

Und er hatte recht, wenn auch aus einem anderen Grunde. Denn sein Gesprächspartner – ein Orang-Utan – war ihm verstandesmäßig ***haus***hoch überlegen!

„REDUZIEREN SIE SICH!“

„Reduzieren Sie sich, und Sie werden vermehret werden!“, las hoffnungsfroh Señor Achilles Läuseklo in der Bibel.

Er tat, wie ihm geheißen, gab sogar seinen Job auf – und siehe da, nach und nach hatte ihm seine Frau Anna 10 Kindlein geboren, die allesamt, wie auch die Eltern, überaus prächtig von der Wohlfahrt gediehen.

„REDUZIEREN SIE SICH NICHT!“

„Reduzieren Sie sich nicht, dann werden Sie auch nicht reduziert werden!“ Diesem Leitspruch folgte Monsieur Belleville Vogelprinz sein Leben lang.

Und er starb in der Tat ohne jede Schmälerung, so wie er aufgewachsen war: Als alleinstehender Kleinwüchsiger in bescheidenen Verhältnissen.

DAS NORWEGISCHE BEGRÄBNIS

Ein norwegisches Begräbnis lernte ein schwedisches kennen.

Die beiden verliebten sich Hals über Kopf ineinander – und beschlossen, sich mit aller gebotenen Ehrfurcht und Würde gemeinsam zur letzten Ruhe zu betten.

DIE GEHEIMNISVOLLE NASE

Eine Nase war so geheimnisvoll, dass man bis heute weder weiß, wem und ob sie jemandem gehörte – noch ob sie überhaupt jemals wahrhaftig existierte!

DIE NONNE AUF DEM TRUTHAHN ODER

DIE UNAUSSPRECHLICHEN SANKTIONEN

Jahrelang frönte Schwester Labsalia Silberschrein einer wirklich ausgefallenen Leidenschaft: Auf einem ihr willigen Truthahn ritt sie des Nachts durch die weiten Klostergänge.

Dies fand erst ein Ende, als sie die Oberin, Schwester Drumhilde Nasenkönig, dabei ertappte, und mit einer Reihe gestrenger Sanktionen belegte – deren sanfteste war, dass sie forthin nachts auf ***ihr*** herumzureiten hatte.

Die übrigen zu nennen, verbietet leider ganz und gar der Anstand.

DIE PEINLICHE SÜHNE

„Frisieren Sie sich sorgfältigst, ehe Sie den Weg zur Kirche antreten, sonst straft Sie der Schöpfer mit Haarausfall!“

Als Hofrat Damianus Hampelmann dies in den „Begleitenden Maßnahmen für den geregelten Ablauf des Tages des Herrn“ von Prälat Fabrizio Strampelmax las, erschien ihm seine angeborene Kahlköpfigkeit gleich doppelt peinlich.

Wen wundert’s, dass er sich einerseits schleunigst eine Perücke zulegte – und anderseits trotzdem fortan dem Gottesdienst fernblieb.

DER GALANTE GEIST

Ein Geist war so galant, sich immer diskret zu verstecken, wenn die Herrin des Hauses, Mrs. Phyllis Damenklo, sich vor dem Zubettgehen entkleidete. Kaum aber war sie eingeschlafen, schlüpfte er hurtig in ihre Gewänder und tanzte darin übermütig durchs Haus.

Als sie ihn einmal beim unvermuteten Erwachen in diesem Aufzug erblickte, konnte sie gar nicht mehr ***aufhören*** zu schreien vor Schreck. Da sprang er ihr hilfreich zur Seite und hielt ihr galant den Mund zu – bis sie ihn ganz ungalant in die Hand biss.

Seither guckt er seinen „Gastgebern“ beim Auskleiden völlig ungeniert zu!

DER PAPST ALS ZIEGENKLO

Bekannt für seine rüden Umgangsformen, liebte es Papst Pfeffersack I., die Nonnen eines umliegenden Klosters als „dämliche Ziegen“ zu bezeichnen.

Da er sich aber gleichwohl in christlicher Barmherzigkeit verpflichtet sah, sich regelmäßig vom „Unrat“ ihrer kleinlichen Sorgen und Probleme überschütten zu lassen, und ihnen dazu noch, wegen ihres störrischen Beharrens, persönlich die Beichte abzunehmen, fühlte er sich im Laufe der Zeit ganz folgerichtig immer mehr als „Ziegenklo“.

Doch immerhin vermeinte er, durch diese demutsvolle Selbsteinschätzung den tierischen wie den menschlichen Ziegen wieder ein wenig **Abbitte** zu leisten – was ihn dann später auch auf himmlische Nachsicht hoffen ließ ...

DER PAPST ALS HAMMELKLO

Ähnlich wie Pfeffersack dem Ersten mit Nonnen, erging es Papst Zuckersack dem Zweiten mit Bischöfen und Kardinälen, die ***er*** wiederum als „blöde Hammel“ titulierte – wobei er sich nun seinerseits wegen der ständigen Abladung ***derer*** „Ausscheidungen“ (in Gestalt seelischer Nöte) als „Hammelklo“ erlebte.

Anders als sein Vorgänger, empfand er sich jedoch am Ende selber als „heiligen Blödhammel“.

DER PAPST ALS HUMMELKLO

Auch Papst Zimtsack III. begann sich zunehmend als Abort für die „psychischen Exkrete" der Christenheit zu begreifen – die ihm insbesondere bei den zahlreichen Audienzen immer lästiger wurden.

Doch hatte ***er*** eine Radikallösung parat: Er hielt auf Abruf eine Armada von **Hummeln** bereit, die, wann immer ihm „Verstopfung" drohte, die aufsässigen Klobenützer Hals über Kopf hinauspikten!

DER PAPST ALS HUNNENKLO

In seinen mit banger Ehrfurcht erwarteten Osterbotschaften nannte Papst Fruchtsack IV. die Gläubigen in aller Welt jeweils „tolldreiste Hunnen", die erst noch lernen müssten, sich als wahre Christen zu verhalten.

Er erneuerte dabei freilich stets sein Angebot, ihnen in göttlicher Selbstaufopferung als „heiliges Auffangbecken für den Morast ihrer trüben und unreifen Gedanken und Gefühle" zu dienen, um damit ihre Läuterung zu bewirken.

Und ein solches „Hunnenklo" wäre in der Tat auch heute noch von unschätzbarem Werte.

Und ganz gewiss nicht nur für Christen.

DER PAPST ALS HENNENKLO

Wann immer Papst Plaudersack X. in den vatikanischen Gärten weilte, war er von einer Schar munterer Hennen umgeben, die er zu eifrigstem Gegacker inspirierte.

Bekannt für seine Bet- und Redseligkeit, gackerte er leidenschaftlich mit – und dass er in der Hitze der Auseinandersetzungen von seinen Diskurspartnerinnen immer mal wieder auch als Örtchen benutzt wurde, nahm er als „göttliches Präsent“ gerne hin.

Einzig, dass ihn nie ein ***Hahn*** aufsuchte, empfand er als groben Affront.

DER PAPST ALS HIMMELKLO

Mit leicht getrübtem Gewissen wegen der schier aberwitzigen Glorifizierung, die ihm auf Erden widerfahren war, pochte Papst Schmalzschädel der Große eher kleinlaut und bescheiden an die Himmelstür, um sich demütig als „sanitären Begleiter“ für Neuankömmlinge zu offerieren – falls diesen vor lauter unbändiger, freudiger Erregung ein „Malheur“ passieren sollte.

Man gab ihm jedoch höflich dankend zu verstehen, dass man für Toiletten jeglicher Art gottlob hier keinerlei Verwendung habe, schlug ihm aber stattdessen vor, in ***ebendieser*** Funktion noch eine Zeit lang einen überaus nützlichen **Erdendienst** zu absolvieren …

DAS VERDAUTE GESCHÖPF (2)

Ein Geschöpf war so außer sich vor Freude über seine gelungene Verdauung – dass es sich aus lauter Dankbarkeit neu formierte und seinem edlen Genießer nochmals hinten hineinkroch!

DAS UNVERDAUTE GESCHÖPF (2)

Ein unverdautes Geschöpf biss Kardinal László Edelkohl in die Nase und ins Ohr, denn es wollte endlich genossen und ***verdaut*** werden.

Und Seine Eminenz erfüllte tief geschmeichelt sein Begehr, war es doch eben erst vom ***Papst*** verzehrt – aber augenblicklich wieder ausgeschieden worden.

DER PAPST ALS UNRAT ODER

DIE MISSLUNGENE BEKEHRUNG

Selbst dieser etwas kühne und gewagte, fast schon frivole Versuch, den Teufel mittels unfreiwilligem, „heiligendem" Kontakt zwangszubekehren, schlug leider gründlich fehl:

Getarnt als ein Häufchen Unrat hatte sich Papst Zerberius der Unnachgiebige so geschickt vor der Höllenpforte placiert, dass der Teufel bei seiner Heimkehr notgedrungen in ihn steigen musste.

Doch anstatt von einer Woge der Frömmigkeit erfasst zu werden, fluchte dieser nur besonders derb und kräftig, äußerte den Verdacht, dies könne wohl nur der ***Papst*** gewesen sein – und trat gleich noch einmal hinein ...

DER VERDÄCHTIGE HUT

„Ihr Hut ist mir zutiefst verdächtig, mein Herr!“, erklärte Oberförster Gackheim von Schleimbein gegenüber Prof. Machmut Tintenfass, der in beseelter Stimmung durch den Wald flanierte. Und er nahm ihm diesen einfach vom Kopf und zerschoss ihn mit der Flinte.

Und das nur, weil er das Gleiche nicht, so ohne weiteres wenigstens, mit seinem ***Träger*** anstellen konnte – der ihm noch weit ***verdächtiger*** war ...

DER VERDÄCHTIGE SCHUH

Commissario Adolfo Schmalzfuß nahm auf der Straße einen Schuh fest, der ihm in höchstem Grade verdächtig schien aus zweierlei Gründen:

Erstens weil er ***allein*** war, und zweitens weil er ein ***linker*** war!

DER VERDÄCHTIGE PUDEL

Ein weißer Pudel erregte tiefstes Misstrauen in Revierinspektor Arion Malzsack, weil er sich ihm keck entgegenstellte und herausfordernd mit dem Schwanz wedelte.

Er nahm in daher vorsorglich in Haft wegen des Verdachts auf Anstiftung zum Beischlaf.

DER POSTHUME BUCKEL

Die Geschichte der Lady Janet Springkalb verdient eigentlich nur Beachtung aus einem einzigen Grunde: weil sie zu Lebzeiten noch ***keinen*** Buckel hatte.

Den erwarb sie sich nämlich erst ***hinterher***. Mit der einleuchtenden Begründung: „Es ist wirklich ***nie*** zu spät, etwas auszuprobieren!“

„DARF ICH HUSTEN, MONSIEUR?“

„Darf ich husten, Monsieur?“ Da Gräfin Heraklia das obligate Ansuchen an ihren strengen Gemahl, Graf Pfefferminz Zimtluder, dreisterweise erst stellte, **nachdem** sie bereits, völlig unerlaubt und unerwartet, damit begonnen hatte, sah er sich leider zu einer Sanktion gezwungen:

Er strich ihr für eine Woche das Haushaltsgeld, und logierte während dieser Zeit bei seiner Mätresse, Freifrau Columbina Kürbisduft, die an **chronischem** Husten litt – sodass er bei ihr vor „unliebsamen und störenden Überraschungen“ einigermaßen sicher war.

„HUSTEN SIE, MADAME!“

„Husten Sie kräftigst, Madame!“, drängte Primararzt Dr. Herkules Wassergurk in einer Vorsorgeuntersuchung die Comtesse Hutti von Ladenhüter zwecks Überprüfung ihrer Bronchien.

Da sie sich nicht einmal räuspern konnte, verschrieb er ihr sogleich einige schleimfördernde Medikamente – und als diese einen dramatischen Dauerhusten hervorriefen, entfernte er ihr in einer Notoperation den gesamten Kehlkopf.

Und war hinterher zutiefst beleidigt, dass sie ihm keinen Dank hierfür aussprach. Was er allerdings in seiner Honorarnote deutlich zu „würdigen“ wusste ...

„ECHAUFFIEREN SIE SICH!“

„Echauffieren Sie sich ruhig, wenn Sie meine Honorarnote erhalten. Dies wird Ihrem Blutdruck außerordentlich guttun!“, riet vorbeugend Dr. Baltimore Mondschelm seinem Patienten Sir Dufflebridge Handyrider.

Der übertrieb jedoch leider maßlos und es traf ihn der Schlag – sodass sich der Arzt gezwungen sah, seine Vorschreibung den Erben zu präsentieren. Diesmal aber mit der ausdrücklichen Bitte, sich ***nicht*** zu echauffieren, sondern bloß zu bezahlen.

Woraufhin sich diese entschieden, lieber ***ihn*** zu echauffieren, indem sie die Rechnung wortlos retournierten.

Den Doktor freilich juckte das wenig. Er dachte einfach: „Einen Versuch war es wert“, und heftete sie ab als uneinbringlich.

„ECHAUFFIEREN SIE SICH NICHT!“

„Echauffieren Sie sich bitte nicht, wenn ich Ihnen auf den Kopf pinkle, Eure Heiligkeit, aber ich kann beim besten Willen einfach nicht anders!“, versicherte treuherzig Kardinal Donatius Nachtschleim Papst Dudelpopsch X.

Da konnte auch Seine Heiligkeit nicht anders – und ernannte ihn schon zu Lebzeiten zu seinem Nachfolger.

Weil er in christlicher Kühnheit und Konsequenz unbeirrbar gemäß seiner **Überzeugung** gehandelt habe.

„ECHAUFFIEREN SIE MICH!“

„Echauffieren Sie mich!“, gebot Generaldirektor Götzenkuss Trübsack seinem Chauffeur Leonhard Traumgack, während er in die Limousine stieg.

Wie jeden Morgen warf ihm dieser daraufhin so lange Grobheiten an den Kopf, bis er genügend echauffiert war.

Und dann chauffierte er ihn endlich in die Firma – wo die gesamte Belegschaft schon zähneklappernd bereitstand ...

„ECHAUFFIEREN SIE MICH NICHT!“

„Echauffieren Sie mich nicht länger, meine Gnädigste, und **beschließen** Sie endlich Ihre Beichte!“, flehte völlig entnervt Prälat Bernardius Weißpelz zur Baronesse Aurora Sonnengruß – die ihm unaufhörlich Schlüpfrigkeiten und Obszönitäten durch das Gitter ins Ohr säuselte.

Als sie ihm indes auch gestand, dass ausschließlich ***er*** der Auslöser all ihrer Fantasien sei, lauschte er mit andächtigem Wohlwollen weiter, bis sie „erleichtert“ war, sprach sie hernach ohne Buße, dafür mit Handkuss von sämtlichen Sünden frei – und ermahnte sie eindringlich, möglichst ***bald*** wieder zur Beichte zu erscheinen.

DAS ERHABENE GESCHÖPF

Ein erhabenes Geschöpf nickte und lächelte jedermann freundlich zu, und sonnte sich in seiner Erhabenheit.

Und worauf es diese gründete? Es war sich einfach seiner göttlichen Abstammung bewusst.

Schade nur, dass es nicht allzu viele gibt von dieser Sorte!

DER PAPST ALS FLOH

Einer vermeintlich **himmlischen** Einflüsterung, wie der Teufel doch noch zu bekehren sei, fiel Papst Hunnibal I. zum Opfer – indem er euphorisch, wenn auch allzu leichtfertig seiner Verwandlung in einen Floh zustimmte, um dann den Höllenfürsten so lange erbarmungslos im Pelze zu jucken und zu beißen, bis er sich endlich als strammer **Christ** erweise.

In Wahrheit aber hatte ihm natürlich Satan selbst, nachts an seinem Bette weilend, diesen Floh ins Ohr gesetzt – und ausschließlich unter **seiner** Ägide fand die Metamorphose statt. Und völlig klar auch, dass er den erlauchten Floh danach nicht ohne Zugeständnisse wieder freizugeben bereit war.

So musste er ihm – vor Gott als Zeugen – feierlich geloben, dass ihm künftig, durch Verankerung in den Geheimstatuten des Vatikans, bei allen wichtigen Entscheidungen des Klerus ein erhebliches **Mitspracherecht** eingeräumt werde.

Und dieses existiert in der Tat noch heute ...

Printed by Books on Demand GmbH, Norderstedt / Germany